L

MW00965162

Le tombeau mystérieux

Illustrations
de Philippe Brochard

la courte échelle

Les éditions de la courte échelle inc.

Les éditions de la courte échelle inc.
5243, boul. Saint-Laurent
Montréal (Québec) H2T 1S4

Conception graphique:
Derome design inc.

Révision des textes:
Jean-Pierre Leroux

Dépôt légal, 3e trimestre 1994
Bibliothèque nationale du Québec

Données de catalogage avant publication (Canada)

Leblanc, Louise

  Le tombeau mystérieux

  (Premier Roman; PR38)

  ISBN: 2-89021-222-X

  I. Titre.   II. Collection.

PS8573.E25T65 1994   jC843'.54   C94-940742-9
PS9573.E25T65 1994
PZ23.L42To 1994

Louise Leblanc

Née à Montréal, Louise Leblanc a fait son cours classique, puis des études en pédagogie à l'Université de Montréal. Ensuite, elle donne des cours de français, est mannequin, fait du théâtre, du mime et de la danse. Elle est aussi recherchiste et elle rédige des textes publicitaires. En véritable curieuse, elle s'intéresse à tout, elle joue donc aussi du piano et aime bien pratiquer plusieurs sports.

En 1983, elle gagne le prix Robert-Cliche pour son roman *37½ AA*. En 1993, elle reçoit le prix des Clubs de la Livromagie pour *Sophie lance et compte*. Depuis 1985, elle se consacre à l'écriture. Elle a écrit plusieurs nouvelles. Elle a également publié des romans pour adultes et elle écrit pour la télévision. Les romans de la série Sophie sont traduits en anglais, en espagnol et en danois. *Le tombeau mystérieux* est le sixième roman qu'elle publie à la courte échelle.

Philippe Brochard

Né à Montréal, Philippe Brochard a fait ses débuts dans les journaux étudiants où il publia caricatures, bandes dessinées et dessins éditoriaux. En 1979, après ses études en graphisme, il fut codirecteur artistique du magazine *Le temps fou* pendant plus d'un an. Parallèlement, il commença à dessiner pour *Croc*, puis il multiplia les collaborations à divers magazines et avec des éditeurs de matériel pédagogique.

Après une participation au Salon international de la bande dessinée d'Angoulême en 1985 et le séjour en Europe qui suivit, il illustra *Le complot*, à la courte échelle. Poursuivant sa double vie d'illustrateur et de graphiste, il illustre *Le tombeau mystérieux*, le septième roman auquel il travaille à la courte échelle.

De la même auteure, à la courte échelle

Louise Leblanc

Le tombeau mystérieux

Illustrations
de Philippe Brochard

la courte échelle

À S. Sterzi,
peintre-illustratrice,
en hommage à son talent

1
Reviens, Léonard!

Cette nuit, j'ai fait un rêve fou.

J'étais debout au sommet de la terre. Et je regardais des créatures lumineuses s'amuser dans le cosmos.

Le plus fou de tout, c'est que j'ai réussi à en attraper une par les pattes. J'ai décollé à la vitesse d'une fusée. C'était super planant!

Puis les créatures lumineuses se sont éteintes et je me suis réveillé. Fritemolle que je me sentais mal: une comète tombée du ciel.

Mais j'ai l'impression qu'il va se passer quelque chose, aujourd'hui. Il le faut!

Ça ne se peut pas comme ma vie est plate. Une vraie tranche de pain. Un désert. Le grand désert d'une immense tranche de pain blanc. Pas le moindre petit grain de confiture à l'horizon.

Les jours de congé, je sais d'avance que je vais m'ennuyer. Fritemolle que j'aimerais ça, avoir un ami!

— LÉONARD! Le petit déjeuner est prêt!

Ma mère! Je suis sûr qu'elle m'a préparé «un bon gruau». Je déteste le gruau.

— Tu arrives, Léonard!

Mon père! Je suis sûr qu'il va me demander de jouer au foot. Je déteste le foot. Je finis toujours par recevoir le ballon en pleine figure.

— Je t'ai préparé un bon gruau, mon chéri.

— ...rci, maman.

— Après, on fait une partie de foot, mon chéri?

— *Nouiii*, papa.

Je pense que je vais oublier

mon rêve. Ce n'est pas aujour-
d'hui que je vais décoller de ma
tranche de pain et m'envoyer en
l'air avec des étoiles filantes.

— Vous n'aurez pas le temps
de jouer au ballon, déclare ma
mère. On va voir grand-papa, ce
matin.

— On part en voyage? Super
planant!

— Qu'est-ce que tu racontes,
Léonard!? Le cimetière est à
cinq minutes de la maison!

J'avais oublié mon grand-père
qui est au cimetière! Je suis une
comète qui vient de s'écraser
pour la deuxième fois. Mais une
comète qui va exploser. Je suis
en colère! Je dis à mes parents:

— J'ai deux grands-pères, et
celui que je vois le plus sou-
vent, c'est le mort. Et si vous

voulez savoir, je n'ai pas envie de jouer au foot et je déteste le gruau!

— LÉONARD! LÉONARD, REVIENS!

Mes parents peuvent crier tant qu'ils veulent, je sors de la maison.

Ils le font exprès ou quoi! Aller au cimetière! Je vais m'ennuyer à mourir, fritemolle de fritextramolle!

J'aperçois le ballon de mon père. On dirait que je le déteste autant qu'une personne.

Je prends le ballon et je lui donne le plus gros coup de pied de sa vie.

Mon père sort de la maison au même instant.

Le ballon décolle, il plane, le chanceux, puis il disparaît...

— Disparais, Léonard. Et va récupérer ce ballon, SINON...

Quand mon père ne précise pas la punition qu'il me réserve, c'est sérieux...

2
Orasul, ouvre-moi!

J'ai cherché le ballon «chéri» de mon père pendant des heures! J'ai fini par le retrouver... à l'entrée du cimetière. Je l'ai rapporté à la maison, puis je suis revenu au cimetière avec mes parents. Fritemolle que la vie est dure!

Nettoyer la tombe de mon grand-père. Enlever les mauvaises herbes. Planter des fleurs. Quelle journée de congé nulle! J'en ai plein la casquette! Je vais me promener.

Je m'éloigne de mes parents à pas de... mort. Des tombes,

des tombes et encore des tombes. Dire qu'il y a des gens qui ont peur dans les cimetières. Je me demande de quoi. Il n'y a pas un endroit plus poche.

Wôw! Ça, c'est un monument!

On dirait un château. Il y a un grand escalier dont la rampe est faite de... têtes de morts. Un vrai décor de clip rock! Super planant!

Je gravis les marches. En haut de la porte du tombeau, une inscription est gravée:

Orasul et fils
Si tu es de mon sang,
tu peux entrer.

Il est nul, cet Orasul. Je peux entrer si je veux! Dans l'état où il est, ce n'est pas lui qui pourrait m'en empêcher.

Il n'y a pas de poignée sur la porte! Ni même de serrure. C'est étrange... Il doit y avoir une clé secrète. Les... têtes de morts!

Je descends l'escalier en essayant de faire pivoter les crânes l'un après l'autre. Ils ont vraiment la tête dure: pas un seul ne bouge.

Je remonte et j'examine la porte de nouveau. Rien. Rien autour, non plus. Peut-être qu'il suffit de pousser... Non, je n'y arriverai pas. C'est enrageant, cette histoire! Je frappe sur la porte:

— Bang! Bang! Bang! Orasul, ouvre-moi! Bang! Bang! Bang! Je... suis de ton sang!

Ça ne se peut pas... la... la porte a bougé. Elle *sss'ouvre* en grinçant. Un petit vent glacial s'échappe du tombeau. Il me paralyse un instant, puis il meurt dans la chaleur du soleil.

La porte est maintenant grande ouverte. Le jour éclaire l'entrée du tombeau. Mais l'intérieur reste plongé dans le noir.

J'avance... Mon coeur commence à s'énerver. Puis il dégringole jusque dans mes chaussettes. Mes orteils en tremblent. J'ai peur, fritemolle!

J'ai peur parce que je suis seul. Si j'étais avec un copain, je ferais le brave: «Il faut vraiment être poche pour avoir peur des squelettes! Moi, ça me fait rigoler.»

Je ne rigole pas tellement. Pour me donner du courage, je fais semblant d'être avec... Yannick Bérubé, la brute de ma classe. Impossible de discuter avec lui, il tape toujours avant.

Les seules fois où j'y arrive, c'est en pensée. Alors, je grandis de 20 centimètres. Et je deviens super baveux:

«Tu te décides à entrer, Bérubé! Tu as peur des morts? Tu n'es qu'une fritemolle!»

«Tu as aussi peur que moi, Bolduc! Si tu voulais entrer, tu avancerais.»

«Tu as trouvé ça tout seul, Bérubé! Tu es moins poche que je pensais.»

«Et moi, tu sais ce que je pense, Bolduc? Je pense que tu fais pipi dans ta culotte!»

«Je vais entrer, Bérubé. Mais en ressortant, je te tape à l'os et je t'envoie rejoindre Orasul.»

J'ai le courage gonflé au maximum. Sans réfléchir, j'entre... dans la nuit du tombeau.

Aussitôt, un bruit résonne: CHLANG!

La porte! La porte a claqué! Bérubé, c'est lui, le salaud!

Mais non, il n'est pas là. Il n'y a personne, personne ne sait où je suis.

La panique envahit mon corps et mon esprit. Je ne suis plus qu'un immense tremblement.

Je suis... pris... prisonnier...

3
Juré... craché: teuff!

Non! La porte n'est pas fermée complètement. Il y a de la lumière. OUF! Deux petits rayons qui... clignotent. Qui clignotent! Mais... ce sont des YEUX! Fritemolle que j'ai peur! Je... fais... pipi dans ma culotte.

— N'aie pas peur! Je ne suis pas un mort. Je suis un garçon comme toi, dit une voix douce.

Ça ne se peut pas, des yeux aussi lumineux. Ce n'est pas... humain.

— Je comprends que tu aies peur. Mais tu verras, je ne suis

pas épeurant du tout. J'aimerais ça te parler.

— Je... je... je...

Je voudrais bien parler aussi, mais je n'y arrive pas. Pourquoi il me prévient, s'il n'est pas épeurant? Et si c'est un mort, il ne s'est pas vu dans un miroir depuis longtemps.

— Je vais allumer ma lampe de poche, continue la voix d'un ton rassurant.

Je reçois un ballon de lumière en pleine figure. Puis le ballon roule à terre et éclaire les pieds de la voix. Elle en a deux, et deux jambes, et un corps normal. La lumière arrête de monter. Comme si la voix hésitait à éclairer son visage.

Il est sûrement affreux, ou du moins... bizarre. La voix est peut-être... un extraterrestre!

— Si tu es un extraterrestre, tu peux te montrer. J'en ai vu des tas à la télévision.

La voix éclate de rire en éclairant son visage. Il est très... humain. Il est même beau. Et aussi, très blanc. Presque lumineux.

Mon rêve! C'est la créature lumineuse de mon rêve! Oui, mais là je ne rêve pas. Je parle à

quelqu'un dans un tombeau. Quelqu'un qui était là avant moi. Qu'est-ce...?

— Qu'est-ce que tu fais dans le tombeau d'Orasul? C'est toi qui as ouvert la porte et qui l'as refermée? Puis d'abord, qui tu es? Moi, c'est Léonard Bolduc.

— Je m'appelle Julio.

— Julio comment?

— Julio... euh... Avant de te le dire, il faudrait que je t'explique...

— Je n'ai pas le temps, mes parents m'attendent. Tu n'as qu'à venir avec moi!

— Je ne peux pas.

— Pourquoi!!??

— Parce que... je... c'est moi qui attends mes parents. Ils sont partis depuis deux jours.

— Tu attends ici depuis deux

jours!? Ça ne se peut pas. Tu me prends pour une poche! Ça commence à faire, là! Ouvre-moi la porte!

— NON! NE T'EN VA PAS! JE T'EN SUPPLIE.

Sur le visage de Julio, une larme descend lentement. Je me sens nul! C'est clair que Julio a peur.

Je bafouille:

— Je dois partir, sinon mes

parents vont me chercher. Et...
ils pourraient venir ici.

Julio éteint sa lampe de poche. Je comprends que j'avais raison: il a peur, il se cache. Mais pourquoi?

— Promets-moi que tu reviendras avant ce soir. Et que tu ne parleras de moi à personne. Promets, me supplie Julio.

— *Prooomis*. Juré... craché: teuff!

D'une voix qui s'éloigne, Julio ajoute:

— Cela fait si longtemps que j'attends un ami.

Quelques secondes passent... puis une lumière éclate derrière moi. C'est la porte qui vient de s'ouvrir.

***

Je marche dans le cimetière, la tête débordante de questions.

Qui est Julio? Pourquoi il attend ses parents dans un tombeau? Et d'où vient-il? Je ne l'ai jamais vu par ici avant. Et surtout, comment la porte s'est-elle ouverte derrière moi?

Au moment où j'ai quitté le tombeau, le soleil éclairait l'intérieur: Julio n'y était plus.

Par où est-il sorti? Il n'y a pas d'autre issue que la porte. Tout ce qu'il y a dans le tombeau, ce sont des bancs de pierre le long des murs. Un vrai mystère...

— ENFIN, TE VOILÀ! Où étais-tu passé?

Mes parents! Je vais leur dire que...

— Le vent avait emporté ma

casquette. Je l'ai retrouvée à l'autre bout du cimetière.

Mon père est mécontent:

— Tu n'es pas resté un seul instant avec nous près de grand-papa. Ce n'est pas gentil.

— Grand-papa s'en fout, il est mort.

Mon père est encore plus mécontent. Il m'accuse d'être un sans-coeur.

Sur le chemin du retour, je ne dis pas un mot. Et je ne parle pas davantage pendant le repas.

Il faut que je trouve un moyen de retourner au cimetière. En pensant à Julio, je prends conscience tout à coup qu'il n'a rien mangé depuis deux jours. C'est pour ça qu'il est si blanc! Je revois la larme qui glisse sur son visage...

— Léonard, mon chéri, tu as l'air bouleversé. À quoi penses-tu? me demande ma mère.

— Si c'est à grand-papa, dit mon père, je suis content de voir que...

GRAND-PAPA! Voilà une bonne excuse pour aller au cimetière!

— Tu avais raison, papa. Je n'ai pas été gentil avec grand-papa. Je vais retourner le voir.

Mon père est tellement surpris qu'il s'étouffe. J'en profite pendant qu'il essaie d'avaler sa surprise et qu'il ne peut pas me répondre.

— J'y vais tout de suite! Je mangerai mon dessert en route.

Je prends une pomme et une orange pour Julio, et je me sauve. J'entends ma mère dire:

— Au fond, Léonard est un bon petit garçon.

Ça me fait plaisir de savoir que ma mère a une TELLE opinion de moi.

Je saute sur ma bicyclette et je file chez Marius. C'est un casse-croûte où on vend des frites qui ne sont pas molles. Julio va se régaler.

Les frites bien au chaud dans mon sac à dos, je roule à toute allure, je vole... Fritemolle, Bérubé! Je viens de l'apercevoir dans mon rétroviseur.

4
Les frites ou la vie!

Accélère, Léonard! Accélère!

C'est incroyable, mais je pédale plus vite que tout à l'heure. Je ne tiendrai pas longtemps, à ce rythme-là. Et dans mon rétroviseur, je vois que Bérubé se rapproche.

Il va me rattraper. C'est mathématique: il a une bicyclette deux fois plus grosse que la mienne.

Après la prochaine courbe, il y a le petit boisé derrière le centre commercial. Je prends le sentier qui le traverse, avec l'espoir de semer Bérubé.

J'ai l'impression… d'entrer dans un tremblement de terre, tellement il y a de bosses. Mon rétroviseur a la chair de poule. Il ne me retourne plus aucune image. Impossible de savoir si Bérubé me suit.

Wouwouwouiiiiiiiiii!

Bérubé me suit. Il fait retentir sa sirène pour me le signaler. Pour me terroriser.

Wouwouwouiiiiiiiiii!

J'envoie les forces qui me restent dans mes genoux. Pédale, Léonard! Un dernier tour de roue et ça y est! Je débouche sur le terrain de stationnement du centre commercial, qui est bondé.

Youpi! J'ai échappé à Bérubé! Il ne peut rien contre moi, ici. Ça ne se peut pas comme je suis content.

Bérubé arrive à son tour. Il roule lentement, un sourire dans sa face de rat. Ma joie se ratatine. Je sais qu'il ne me lâchera pas. Et lui, il sait que je ne suis pas de taille à engager une autre poursuite.

Il faut que je réfléchisse. Dès que j'ai senti Bérubé derrière moi, j'ai été incapable de penser.

Je n'avais qu'une idée: sauver ma peau. Devant le danger, les jambes fonctionnent, pas le cerveau.

J'immobilise mon vélo un peu plus loin, de façon à voir Bérubé dans mon rétroviseur. Il est appuyé contre le mur du super-marché, près de la porte des livraisons. De là, il peut épier le moindre de mes gestes.

Les minutes passent à pas de tortue. Et Julio qui m'attend! Il m'a supplié de revenir avant ce soir. Peut-être que demain, il sera trop tard pour l'aider. Ou alors, il sera parti et je ne le reverrai jamais. Tout ça à cause... d'une brute.

Je jette un coup d'oeil sur mon miroir. Un camion s'avance et efface l'image de Bérubé.

L'instant d'après, le camion arrive près de moi. Il effectue une manoeuvre pour... reculer jusqu'à la porte des livraisons.

Voilà ma chance! Dans quelques secondes, le camion bloquera la vue de Bérubé.

Je lève une pédale en position de départ. Le camion s'arrête. Je fonce!

Les allées de voitures défilent. Je tourne le premier coin de l'édifice... le deuxième, puis je sors du terrain de stationnement en longeant le mur du centre commercial.

En arrivant dans la rue, je ralentis un peu. Avant que Bérubé me retrouve...

Wouwouwouiii!

Fritemolle! Bérubé a rejoint la rue par le petit boisé et il me bloque le passage. Il est poche à l'école, mais en méchanceté, c'est une *bolle*. Il a toujours des idées qui me dépassent.

— J'ai faim, Bolduc!

Des idées comme celle-là. Je ne comprends pas ce qu'il veut.

— Tes frites, Bolduc!

— Que...quelles fri...ites?

— Fais pas le malin avec moi. Je t'ai vu entrer chez Marius. Alors, les frites ou la vie, Bolduc!

Bérubé s'avance vers moi en grognant. Je ne suis plus qu'un paquet de peur. Je lui donne mon sac à dos. Il saute dessus.

Puis il prend les frites et renverse le sac en le laissant tomber. Les fruits que j'avais emportés pour Julio roulent dans la rue où une voiture les écrase.

Bérubé avale mes frites avec gloutonnerie. J'ai l'impression qu'il me grignote le coeur. Je n'aurai plus rien à donner à Julio. Je me console en me disant que les frites sont molles.

Je ramasse mon sac en surveillant la réaction de Bérubé. Il continue de manger, comme un animal qui dévore sa proie. Je

crois qu'il a eu ce qu'il voulait.

Je m'installe sur mon vélo et je commence à rouler lentement. Je tourne la tête: Bérubé est immobile. Je roule un peu plus vite.

Wouwouwouiii!

La sirène de Bérubé résonne, mais le son s'éloigne. Je sais qu'il est parti en sens inverse. Il a voulu me terroriser à la façon d'un lion qui s'en va en rugissant. Pour faire comprendre qu'il est le maître et qu'il rôde aux alentours...

5
Tu parles aux morts, dingo!

Pour me rendre au cimetière, j'ai fait un tas de détours. Avec Bérubé, on ne sait jamais. J'arrive à l'entrée en quatrième vitesse.

Un vieux monsieur m'apostrophe aussitôt:

— Ce n'est pas une piste de course, ici!

Fritemolle! Si ça continue, je ne pourrai même pas me rendre au tombeau d'Orasul. Il faut absolument que je trouve une idée rusée, du genre de celles de Bérubé.

Le vieux monsieur est avec sa

femme. Elle a l'air aussi vieille que lui. Je pense qu'avec les gens... du dernier âge il faut être poli et gentil.

Je descends de vélo et je fais le bon petit garçon:

— Excusez-moi, monsieur. Je ne m'étais pas rendu compte que je roulais si vite.

— Il est interdit de faire du vélo au cimetière, insiste la mémé.

Je fais encore le bon garçon:

— Je ne savais pas que c'était interdit, madame. Je vais laisser ma bicyclette ici. Je la reprendrai en revenant.

Soupçonneuse, la vieille fatigante me demande:

— Et où vas-tu ainsi?

— Ça commence à faire, là! Je vais voir mon grand-père.

J'espère que ce n'est pas interdit!

Il y a des limites à faire le bon garçon!

Si j'ai semé une brute, pas question que deux vieux croûtons m'empêchent d'aller voir Julio!

Je les plante là, tous les deux. Je me retourne, mais ils me surveillent. Je suis obligé d'aller voir mon grand-père. Une fois devant sa tombe, je ne sais pas trop quoi faire.

— Euh... Salut, grand-papa!

J'ai parlé à un mort! C'est super poche!

Pourtant, il me semble que grand-papa m'écoute. Comme lorsque j'étais petit et que j'avais une grosse peine. Je sais que je peux tout lui dire:

— Je vais rencontrer quelqu'un qui se cache dans un tombeau. Le tombeau d'Orasul, tu dois le connaître! Je me suis arrêté ici parce qu'il y a des gens qui me surveillent.

Ça ne se peut pas, mais j'entends grand-papa me répondre:

«Tu peux y aller, ils sont partis.»

Je regarde derrière moi. Fritemolle, les deux croûtons ont disparu. Je n'ai pas le temps de m'étonner davantage, mon grand-père poursuit:

«Ouste, Léonard! Dépêche-toi, la route est libre.»

— Merci, grand-papa!

En prononçant ces paroles, je pense à Bérubé. S'il était là, il rigolerait:

«Tu parles aux morts, dingo!

Tu as des courants d'air dans le coco!»

«Tu n'es qu'une brute, Bérubé. Ton coco à toi, il n'est pas plus gros qu'une crotte de fromage.» Voilà ce que je lui dirais, à Bérubé.

C'est vrai! Bérubé est trop poche pour comprendre que...

les morts comprennent des choses que... les vivants ne peuvent pas comprendre. Ce n'est pas lui qui va m'empêcher de parler à qui je veux:

— Je viendrai te raconter la suite, grand-papa.

6
Ne fais pas le fou, Julio!

Je suis à l'intérieur du tombeau. C'est le noir total. Il n'y a aucun signe de vie, sauf l'air glacial qui circule et me frôle. Il s'enroule lentement autour de mon corps. On dirait un serpent qui monte...

Je respire mal. Et je n'arrive plus à penser. Mon cerveau est envahi par la voix de Bérubé:

«Tu es dingo. Julio n'existe pas. Ou il s'est foutu de toi.»

Je n'en peux plus:

— GRAND-PAPA! AIDE-MOI!

— Je suis là! Arrête de crier.

PAF! Je reçois un ballon de

lumière en pleine figure. Il rebondit aussitôt sur le visage de Julio.

— C'est moi, Léonard. Ça va mieux?

Je ne suis pas sûr que ça aille mieux. Julio me fait peur. Il est plus blanc que ce matin. Ses yeux sont plus brillants.

— Tu as douté de moi, Léonard. C'est pour ça que tu as eu peur. Je vais te prouver mon amitié en te révélant un secret très dangereux pour moi.

— Ne fais pas le fou, Julio!

CLIC! Le tombeau est soudain éclairé. La lumière vient de projecteurs dissimulés derrière les bancs de pierre.

En m'apercevant en pleine clarté, Julio s'exclame:

— Qu'est-ce que tu as, Léonard? Tu es tout en sueur. Et tu as l'air bizarre.

— J'ai eu des problèmes en venant ici. J'ai... dû affronter des dangers, moi aussi. Si tu connaissais Bérubé, tu comprendrais.

— Tu as parlé de moi à ce... Bérubé! fait Julio affolé.

— N'aie pas peur! Je n'ai parlé à personne de notre rencontre. Cette fois, c'est toi qui as douté de moi, Julio.

— C'est vrai. Mais c'est fini. Je crois que, désormais, on peut se faire confiance.

Julio me donne sa lampe de poche. Elle ressemble à une télécommande.

— Appuie sur la touche blanche, me dit-il.

CLIC! On se retrouve dans le

noir. CLIC! La lumière revient.

— C'est super planant! Et je comprends! C'est avec ça que tu as ouvert et refermé la porte du tombeau!

— Exactement. Et maintenant, enfonce la touche verte.

F...riiiite...m...olle! Le siège d'un des bancs glisse silencieusement et révèle un escalier.

Nous descendons jusqu'à un caveau désert. Julio reprend le sélecteur électronique et presse un autre bouton. Face à nous, une section du mur pivote. Derrière, il y a... un appartement! Avec des meubles, et tout!

— C'est ici que nous vivons, mes parents et moi.

— Vous vivez sous terre! Ça ne se peut pas.

— Nous ne sortons que la nuit.

Personne ne doit connaître cet endroit secret. Cela pourrait nous être fatal.

— Fatal? Qu'est-ce que tu veux dire?

— Que ce serait la fin, la... mort pour nous.

— Fritemolle, c'est super grave! Quelqu'un veut vous tuer!

Qui? Un ennemi de ton père! Ou... la police! Pourquoi? Vous êtes des bandits! Des... espions! Ou... de dangereux ass... ass... ins!

— Rien de tout ça! Il faut que tu me croies, parce que j'ai... encore un peu peur de t'avouer la vérité. Peur de perdre le seul ami que j'ai jamais eu.

— Si ça peut te... rassurer, c'est pareil pour moi.

— Tu n'as pas un seul ami, toi! Alors que tu vis au grand jour. Que tu vas à l'école.

— Tu sais, à l'école on a des copains parce que, seul, c'est trop dur. Mais un ami, c'est rare. Ça fait longtemps que j'en attends un, moi aussi.

Pendant quelques secondes, on ne parle plus. Les yeux de Julio brillent comme des étoiles heureuses. Comme les créatures lumineuses de mon rêve. J'ai l'impression d'avoir rejoint Julio dans le cosmos.

Bip! Bip! Bip!

Un signal sonore nous ramène à la réalité. C'est la sonnerie d'un téléphone. Julio répond nerveusement, et raccroche presque aussitôt.

— Mes parents. Ils seront de retour ce soir.

— J'y pense! Je t'avais apporté à manger, mais...

— J'ai ce qu'il me faut, Léonard. Et ce serait mieux que tu ne viennes plus avant que je te fasse signe. Si mes parents découvrent ton existence, nous partirons. Je dois les préparer à...

— Tu pourras leur dire que je

suis un bon petit garçon. Ma mère le répète tout le temps.

— En attendant, dis-moi où tu habites.

— La maison basse, au coin du lac.

— Je vois où c'est. Ne t'inquiète pas, je vais trouver un moyen d'entrer en contact avec toi. C'est juré... euh... craché: teuff!

Julio n'a pas l'habitude de cracher. Il trouve ça drôle. Lui et moi, on rit ensemble pour la première fois. C'est super!

7
Fritemolle!
Mon ami est...

Une semaine a passé. Je n'ai eu aucun signe de Julio. Je ne doute pas de lui, mais je suis inquiet.

Je ne veux pas perdre Julio. Je ne me suis jamais senti si bien avec quelqu'un. Je pense à lui tout le temps. J'essaie de comprendre...

Ses parents sont revenus. En plus, il ne peut pas sortir le jour. Il a peut-être essayé et il a été pris. Non, il ne commettrait pas une telle imprudence. Ce serait trop dangereux pour sa famille.

Je crois que je ne reverrai pas mon ami avant longtemps. C'est dur, mais ça doit être pire pour Julio. Enfermé sous terre...

— LÉONARD BOLDUC! Tu reviens sur terre!

Fritemolle! Mon professeur a deviné où j'étais.

— Ce n'est pas dans la lune que tu vas apprendre les mathématiques.

La lune! Je me sens mieux. Il n'a rien deviné. Mais c'est super énervant de connaître un secret qui peut être fatal.

J'écoute attentivement M. Rondeau jusqu'à la fin du cours. Dès que la cloche de la récréation sonne, je retourne en pensée avec Julio.

— Bolduc! Tu reviens sur terre! Ce n'est pas dans la lune que tu vas apprendre à te battre!

Bérubé rigole! Il fonce vers

moi. Pas moyen d'avoir la paix. Ça commence à faire, là!

— Tu me casses les oreilles, Bérubé. Même si tu es poche, tu vas comprendre: tu me fous la paix ou je te tape à l'os!

Je n'ai pas réfléchi! J'ai parlé à Bérubé de la même façon qu'en pensée. Il va m'aplatir. Non! Il est... assommé par mon audace.

Le reste de l'après-midi se déroule sans problème. Bérubé digère sa surprise. Et, en arrivant à la maison, je fais semblant d'être un bon petit garçon.

— B...jour, maman! Ne te dérange pas. Je prends une collation et je m'enferme dans ma chambre.

— Bien, mon chéri. À plus tard...

Ma mère n'a même pas levé les yeux de sa table à dessin. Elle a un travail urgent à faire: des illustrations de produits pour bébés. J'ai tout le temps de mettre mon projet à exécution.

Aussitôt dans ma chambre, je

ressors par la fenêtre. Et je saute sur mon vélo.

Même s'il n'y a personne, j'avance lentement dans le cimetière.

Mon coeur, lui, bat plus vite à mesure que j'approche du tombeau d'Orasul.

«N'y va pas, Léonard!»

Mon grand-père, fritemolle! J'ai dépassé sa tombe en espérant qu'il ne m'arrêterait pas.

«Je veux seulement être plus près de Julio, grand-papa. Je veux marcher au-dessus de lui pour qu'il sente ma présence.»

«Il t'a dit qu'il te ferait signe, Léonard. C'est lui qui sait quand ce ne sera pas fatal.»

Je comprends soudain mon imprudence. Je pars en remerciant grand-papa, mais j'ai le

moral à plat. Je suis... une comète éteinte.

— Tu n'as pas faim, Léo-
nard? Quelque chose te tra-
casse? s'informent mes parents
à table.

Pour éviter un interrogatoire,
je mange un peu. Puis je joue au
foot avec mon père. Je fais exprès de recevoir le ballon en pleine figure. Plusieurs fois.

Découragé, mon père inter-
rompt la partie. Je vais enfin
pouvoir me réfugier dans ma
chambre. Au passage, je dis
bonne nuit à ma mère. Elle lève
la tête de sa table à dessin et
m'envoie un baiser.

Ça me réchauffe le coeur.
Mais il se refroidit quand je
me retrouve seul. J'ai... le coco
plein de courants d'air. Mes

pensées volent en désordre:

Julio. Assassin. Bang! Orasul, ouvre-moi! Je suis fatigué. Bérubé va me tuer. Grand-papa, aide-moi. Je suis de ton sang. Bang! Bang! Bang! Julio, qui es-tu? Je... si fatigué... Ré... ponds-... moi...

Je suis le fantôme du cimetière. Le roi des morts. Debout, squelettes! Bang! Allez chercher Léonard. L'heure fatale a sonné pour lui. Bang!

«Non! Laissez-moi! Vous me faites mal avec vos os! Laissez... Fritemolle, quel rêve affreux!»

Bang! Bang! Les bruits de mon cauchemar résonnent encore. Bang! Bang! Bang! Mais...

ce sont des coups frappés à ma fenêtre! C'est Julio!

Je me lève d'un bond. J'ouvre la fenêtre. Personne. Pourtant, je suis sûr... UN PAQUET! Il y a un petit paquet sur le bord de la fenêtre. Je déchire l'emballage. Une... cassette. Julio m'envoie un message enregistré.

D'un doigt tremblant, j'appuie sur la touche «Marche» de mon baladeur:

Léonard, j'ai confiance en toi. Je sais que tu ne révéleras jamais mon secret. Mais si tu ne voulais plus me revoir, je comprendrais...

Si tu décides de rester mon ami, tu n'as qu'à mettre un objet voyant dans ta fenêtre la nuit prochaine.

Voilà, je m'appelle Julio Ora-sul. Et je vis dans ce tombeau depuis toujours. Parce que... la lumière ne peut y pénétrer. Je ne sors pas le jour, car c'est la lumière du jour qui me tuerait. Parce que je suis... Léonard, je suis un... vampire.

«Fri...itemo...oll...e. Julio est... un vampire. Mon ami est un vampire. Ça ne se peut pas.»

J'écoute de nouveau le message. Ce n'est pas une blague. La voix de Julio est trop grave. Et si faible, en même temps. Je revois la larme qui glisse sur son visage lumineux.

Quelqu'un qui pleure, même si c'est un vampire, n'est pas dangereux. Puis Julio a risqué sa vie pour moi. C'est le meilleur ami que j'ai jamais eu. Et après... les obstacles qu'on a traversés, plus rien ne peut nous séparer.

Ma décision est prise. Je cherche un objet voyant. Ma citrouille phosphorescente! C'est idéal.

Je la colle contre la fenêtre. Il

est quatre heures. Il fait encore noir. Si Julio repasse par ici, il aura ma réponse avant demain.

Je me recouche en pensant que ma vie ne sera plus jamais... une tranche de pain. J'ai un ami vampire. C'est super planant!

Demain, j'irai tout raconter à grand-papa.

Table des matières

Achevé d'imprimer
sur les presses de Litho Acme Inc.